金桓煒 學長惠存

Life is Choice

To Be or Not to Be !!

巫本添

John Bentien Wu

11/18/2022 於台北市

金光新書發表會

巫本添・創作文集

尚未熄滅

巫本添——著

唐山出版社

國家圖書館出版品預行編目資料

尚未熄滅／巫本添 著
台北市：唐山出版：正港資訊文化發行，2022.09
328 面；21 × 15 公分（巫本添・創作文集）
ISBN 978-986-307-220-1

863.51 111010852

尚未熄滅

作者｜巫本添
封面設計｜陳乙瑄
編輯｜陳文姬
出版｜唐山出版社｜Tonsan Publications Inc.
106019 台北市大安區羅斯福路三段333巷9號B1
tel 02-2363-3072
fax 02-2363-9735
tonsan@ms37.hinet.net
唐山網路書店 http://www.tsbooks.com.tw/
Facebook 粉絲專頁 唐山書店／唐山出版社
郵政劃撥帳號 05878385 戶名 唐山出版社
發行｜正港資訊文化事業有限公司
106020 台北市大安區溫州街64號B1
tel 02-2366-1376
fax 02-2363-9735
出版日期｜2022 年 9 月
定價｜380 元

序言

自序

為無辜的烏克蘭人祈禱

在烏克蘭首都基輔Kyiv的火車站
在烏克蘭西部倫堡Lviv的火車站
父親把手中的嬰幼兒交給太太
擁抱道別在太太淚灑月台的最後一眼
上了車廂的年輕太太扶著嬰幼兒的手
貼在窗口上和父親的手隔窗相印而別
最後的一眼在共處的最後一夜之後
這個意象出現在每個車廂外

在每班不同的列車時刻重複

生離在先
女人抱著嬰孩面對未知的未來
死別在後
為父為夫的男人知道死亡隨時來臨
把愛情交給對下一代的期許

為什麼？
只為了對抗一個獨裁者

自序
尚未熄滅

只為了保護烏克蘭的存在
只為了不當亡國奴的尊嚴
只為了選擇民主自由

人類在地球上
自由民主和獨裁專制
兩極對立

獨裁專制一人說了算
效率奇高說打就打

自由民主

源自民眾的覺悟共識

源自生命的價值選擇

在烏克蘭的困境時刻

地球上民主國家領袖

如果袖手旁觀

必被人民唾棄

必面對靈魂最後審判

祈禱上天保護
那些正在逃亡的母親和小孩
不被戰火毀滅

祈禱上天保佑
那些已逃出來的母親和小孩
有個安身立命之處

3/6/2022 巫本添寫於紐約市

2/21/2022
晚上09:00拍攝

目次

序言

尚未熄滅

尚未熄滅

目次

尚未熄滅

目次

目次

尚未熄滅

第一首
相思

從你的影像中想著
可能的情愛

從語言文字的傳達中
讓誤會昇華

當一切已成灰燼
渴望不滅的靈魂
仍有那深情的互望

8/20/2020

第二首

素月之夜

素月流天之夜 望曖空自凄涼
徘徊於草樹之間 惆悵卻無愁之意
明知天末另一方 汝綿綿愛慾正濃

月即將沒日欲升 汝在另一方將入夜
音塵相隔 明月是難共同
如同黑夜和白天 兩人心情起伏難成韻
只盼相見佳期共超越那心靈的失落

8/24/2020

第三首

七夕之夜（台灣）

夜中徘徊不能寐 告訴自己不能憔悴
不能憂思 妳說哀傷不屬於我們

妳說 影像中想看 可能的情愛
妳說 讓悲傷遠離 日子重來
妳說 哭過的淚水 整夜未乾
妳說 隔空交火 文字傳達 激烈又心痛
妳說 從未有過 受到語言如此的傷害
妳說 吾不懂深層的愛 但一切終歸寧靜

妳說 今夕是七夕
妳說 那高高懸掛的月亮 雖不滿月 但我仍可欣賞
妳說 那缺陷的美 萬物皆有情

是的 我豈能說自己沒有缺陷
秋風將起 樹葉必零落
再美的花朵也會凋謝

是的 過去現在和未來 誰能常美好
是的 相愛總有迷惘的過程
是的 紐約台北只能虛空擁抱
是的 美麗的翡翠是愛的證物

期待重逢有如當初的震撼
祈求永不蕭瑟的柔情蜜意

8/25/2020

第四首

昊天之極

翡翠珍惜不滅　甚於贈以芳草之華入秋漸萎
瞬間猶豫不再　愛的神光鋪天蓋地
雙眼對視如明珠永慕
不可能一親芳澤　即能訴盡柔情
璀璨兮　媚於外　而幽蘭之芳
漫於內而振蕩而怡心

沒有終期　沒有絕期
沒有結束　沒有停止

只有妳我之間的激情光波
永存昊天之極

8/26/2020

第五首

永恆之愛

不要甜紅酒　只要乾紅酒
乾且醇　永不滴乾
甜又如何　澀又如何　終難如願
這就是我的偏好
不管在台北　還是紐約市
你是我要的多花水仙
那永不厭倦的味道
那永不滴乾的紅酒

秋葉會飄盡

心海能滔天
軀體會乾枯
你相信嗎？ 你會相信嗎？
當我說那夜的意象已鑲嵌在
你我靈魂之間的隙縫
化成永不分離的緜緜的
沒有死亡的消遙遊
啊還有你那令我消魂的
水仙花香溶入那紅酒醇味
環繞在難分難捨的靈魂

8/27/2020

第六首

擁抱之闕如

徜徉在等待的時候
你說自己是如此懦弱
善良的你叫我疼惜
而你說你已經是戀愛中的女人
你說永不後悔
人生苦短 活在當下 不糾結
我說焦慮已除
生存源於氣勢
到了見面簡直一發不可收拾

是懷慕之戀兮
覺時光流逝兮
難忍難忍道別之哀愁

微陽涼夜月朣朧
千里遙思難雙舞
不怨真的不會怨 你說了又說
而惆悵總是難免
撫摸之闕如
再多的語言和文字
再多的陰陽之心懷
也比不上見面時剎那的擁抱

8/28/2020

第七首

愛無死亡

我心苑結　沒有你的憮然之日子
秋天已臨　苓落如心之荒蕪
一天沒有你的訊息
心驚膽顫　坐立不安

你說彼此享受愛情
讓激情永不消失
生活是如此緊扣
愛愈深就愈來愈甜愈美

春夏也好　秋冬也好
愛情無愁而不盡
你說你要的不是榮華富貴
而是能一起牽手看夕陽

你說　前段人生彼此沒參與
只求　後段人生一起平安走過

你說那天被自己嚇壞了
我說我卻是元氣於靈和
晃神的豈只是記憶時刻

縱心之嚮往　何慮之有？

陰陽之調合 因時興滅乎？

即使遙思於千里
必能接手而同歸
歸向靈魂不滅之太虛
歸向同時同刻之彼岸

8/29/2020

第八首

愛之歌

你要我寫一首愛的歌詞給你
你說你要來把這歌詞編成曲
每天睡前醒後都要唱給我聽
啊：恂恂的愛意在分分秒秒
頓成愛之歌：

愛情本是不知朔晦

不分晝夜永不罷休

不知春秋才是愛呀
恣情無悔忘我
在塵世間互相歡慰
軀體物化不知其盡
且歌且舞　且舞且歌
栩栩梵天　梵天栩栩

8/30/2020

第九首
愛情不死不成灰

無疵之愛難矣乎？
永遠沒有悔不當初？
妳說常常因為愛我而哭泣
夢中也是有哭泣的意象

妳說妳要聽我唱的歌入睡
放空倒帶回憶在一起的美好

妳覺得在愛中的妳
會是最漂亮的女人

花會殘 柳會敗
妳我之愛 豈能不釋然？
在我之前
豈只惴慄恂懼

去年七月宜蘭山上 匆匆一別
風去雨還 半年空白
瞬間交感 傳訊重逢
時間文字 煙交霧凝

未約已經對妳 散魂盪靈
迷而不知所措

第九首

七夕的月亮只有一半
妳說因為我不在身邊
因惆悵哭泣到月落
視訊難掩相思之苦

親愛的雖然天蒼蒼
但不是遠而無所至極
歸來美麗的家鄉指日可待
而情絲之蜜永不盡
而愛極之淚永不乾

8/31/2020

第十首

愛情洵美

嘆：
相約在相識
一年之後

說：
緣份未到
沒有一年歲月的醞釀
也許是不可能

第十首

說：

時光飛逝 無法追朔
看見現在擁有
相聚指日可待
每晚聽著我的歌聲入夢
我們一起在夢裡相見

詠：

洵美愛情 愛情洵美
柔情相思 相思柔情
一寸相思千萬情
一寸相思……千萬情……

9/1/2020

【後註】

此詩乃為舞台吟詩表演且有舞姿之作，需要音樂創作或配樂重組，需要背景燈光投影。需要男女主角。以及至少一男一女的舞者。可以古裝，可以現代裝。也可以超現實著裝。

嘆：男女共嘆。因編舞或音樂需求，可以重複字句。例行——「緣份未到」可以重複拉句，另兩句也可以做戲劇變化，但文字不能改變或次序倒換，以免詩意破滅。

第一說：由女的說，不可換成男的。

第二說：由男的說，不可換成女的。

（一說二說如同「嘆」之手法，詩意為最重要的因素，Based on poetical flow of feelings. Emotional overflow of powerful feelings)

詠：由男女主角共詠。如同共歌唱。

手法方式內容是延續——「嘆／說」的詩意詩情。但是「詠」是由詩意詩情的高潮由主軸而慢慢進入一種滿足的擁抱結尾。而且是此情綿綿無絕期的Fading out。

第十一首

愛到失控

愛太深 愛到失控
愛太深 慾求天縱

每次離別總會再一次的擁抱
再一次感覺纏綿不絕的熱情

妳要感覺那寬厚的肩膀
那微卷的頭髮
妳的溫柔 令我失控
瘋狂……

相愛超越時空永不惘然
瘋狂極至的愛難成追憶
除了愛妳 除了愛妳
還是只是愛妳

在一起時愛到失控
不在一起也愛到失控
美酒沒有妳在一起共飲
失去醇香

沒有妳在身邊
沒有妳在身邊

怎麼做都難消
跟妳擁抱對望的衝動
怎麼想都難阻
對妳放肆失控的慾望

9/2/2020

第十二首

愛之道

愛情沒有取捨的問題
愛之道在於給予
投懷送抱 兩情相悅

從定情一刻開始
往事已不可追
沒有來世的等待
只要今生今世

愛之道

在於得而享之
在於成而幸之
陰陽天地
通體無限

含情無時限
是的只有陶醉 只有陶醉的忘我
多情沒有猶豫的時候

愛情不問過去 不管天涯海角
不管何時何地 要愛就在今朝

是的無止無退無微辭

說一句愛妳再說一句愛你
從這一端到那一端
浪浪而不知黑夜或天明

9/3/2020

第十三首

沁心之愛

熾熱之花永留香
淪肌浹髓之情愛
酥醉豈只是繾綣

多情厚愛命不薄
繫戀痴情金不換
盪氣迴腸永不悔

蓬門已開無覬覦
情愛蜜境無幻滅

9/4/2020

第十四首

愛底無奈

離別時候
無法回頭看妳
再看一次就不想道別

妳說那天離別時候
想要再說一次
再說一次要再擁別

在心在愛在惜
等待在有限的生命時光

愛底無奈

何時共飲情酒
何時相對賦詩
靈魂等待也會縹渺

9/5/2020

第十五首

夢見

每晚夢裡見
遠也迢迢 近也茫茫
是幻是真 真假難辨

忽而震震隆隆 忽而蘇蘇痲痲
瞟了又瞟再瞇眼對望入神
身上深深留下彼此指甲痕
是愛的印記也是心痕不滅

就這樣相依留情如影隨行

就這樣每晚夢中重溫痴戀
曰思夜夢週而復始無窮盡

9/6/2020

第十六首

不負真愛

不是輪迴 不說因果 不提來世
靈魂伴侶是形體成灰之後

疼惜在每分每秒
不負緣份 不負生命
原罪與否不必擔心

道士能焚修
出家能自焚
耶蘇基督上十字架

真愛成金燃燒是必然
要存在就要拋棄虛無
巫峰雨雲迷
排雲御氣見虛實
在愛與被愛之間

9/7/2020

第十七首

盛宴無妳儘是相思情

昨夜汝以意象飄來在細說
萬千芙蓉的愛意

好友盛情擺桌
乃從容赴宴
席中主客皆心花怒放

紅酒一杯半杯滿
薰香四溢
乃是座上唯一貴賓

一敬再敬
說什麼也不肯共浪飲

微風吹來
芙蓉香氣沁腦
只知心不在此

而從遙遙的遠方
陣陣傳來無幻夢的美景
眼底盡收汝如萬千芙蓉
飄飄盪盪而來
細說蜜語
萬千芙蓉愛心

千里意象示愛永不斷

9/8/2020

第十八首

愛在今朝

—累了，精神迷惘！—
汝夜半驚魂 如此訴說
自往事纏繞的心網

只要汝夢醒
告訴自己：
昔日惡夢
如曇花謝

不要也不能悔

珍惜當下擁有
時間沒有厚度
永遠不會太晚

無淚無怨無恨
昨日之非有如過眼雲煙
不必自我解嘲

妳我愛情的共同天空
無限風雅

9/9/2020

第十九首

愛之迷網

在長島高速公路小頸出口
小頸廣場購物中心
坐在人行道上的咖啡店座椅

聽雨聲，聽車聲，聽自己的心聲
沈溺在孤獨的美好
從莊子從漢賦從詩詞
從迷茫的排排濕氣樹叢裡
看見離開塵世的李商隱

詩人入世無空言
離去靈魂難絕蹤

情愛的陶醉
心靈的陷阱？
情愛的入迷永不陵替
情愛的慾望永無覬覦

纏綿悱惻定情夜
無蠟照麝熏
只有圓心翡翠　掛在白金項鍊
在妳的胸口棲心

在天欲明未明 雨聲漸漸離去的
咖啡座回憶
愛之迷網

9/10/2020

第二十首

愛之極致

擁抱在平行線上
四目相接
若垂天之雲
俯視著妳底存在
思緒萬千　如夢似幻
蘧蘧然的雙軀交纏

聽著撫著凝望著
愛的時光多痴迷
激情不滅的期盼

如枯苗之望雨
你我所有的可能
都來自你我簇擁

8/11/2020

第二十一首

愛在今朝

談過去總會跳針跳神跳詞
談過往總覺得記憶會斷線
在妳我之前的各自過去
故事描述只有遺憾和失落

春去秋來　花開花落
季節變換　花再開已非昔日之花
因為沒有見過看過
過去只是惘然杳然

尚未熄滅

第二十一首

綺筵溫柔妳和我
要未飲先醉心
要麼喜樂死無憾
心心相印無內外

何須問有無
何須問過去
肌膚難熬時間的湧動
再浪再昂的波潮
也會成追憶而無痕

妳我的現在 也會成為未來的過去
只要一 息尚存

不想只能憶煙雲　不能只見情縹緲
沒有無盡頭的路　沒有無死亡的人
迷茫乎　蒼茫乎
只知愛在今朝　只要愛在今朝

9/12/2020

第二十二首

愛底溫柔不是夢

夢中獨自在曠野行走，放眼望去空無一人
有陰寒的月色 卻看不到星星
驚醒在孤寂的深夜
是鬼月夢別

白天時思維幾近瘋狂
有的沒的 幾乎自我毀滅
未來只怕當年未問底細

不知醉鄉何處 也不知真醉或假醉

亂痲何須快刀　可以理解可以避開

修成正果之道就是簡簡單單的過
語言文字刺心窩
約法三章之後
再約再定甘心驅遣
這是為愛投降

而愛之投降就是愛的溫柔
只要溫柔　是的　只有溫柔
才能解救瘋狂過度的放肆狂野

如是如願如此地渴求

愛底溫柔

9/13/2020

第二十三首

悟情不易

風水相軋聲
左邊是青龍　右邊是白虎

悲傷入夢　如何印證彼此的愛？
情緒如此激動　愛情本來就不是原罪？
誤會總是難免　何苦步步相逼？
淚水穿越時空　彼此感到情傷？
須臾與長期　皆必成過往？

悟道在空　悟情不易

聽心聲要靜而熟視
愛的憧憬是無思無慮
是其樂陶陶然欲成仙

9/14/2020

第二十四首

愛在今生今世

死後成鬼成仙，是苦是樂
汝知乎？
死後成單可等待再成雙？

愛情如金丹入口入體入血
也只能靈魂不散長存人世
汝願否？

生命時間一直倒數著
只求愛底深刻 只知點滴心頭

說永遠太遙遠　說什麼不止息
只有珍惜　只要珍惜　只是珍惜
愛在彼此肉身存在的時刻

餘生不悔　何來太遲？
一念之間　是的是一念之間
就是一念之差
愛之選擇
不讓汝擦肩而過

9/15/2020

第二十五首

往事

往事的痕跡會消失　假如彼此不再見面
故事結束就無所謂了
無所謂對錯　無所謂責任

沒有愛過的故事　不是愛情故事
愛情沒有劇本　人生常有矛盾

言有真有偽　心有正有邪
事有是有非　虛實併正反
愛乎？情乎？

無為怎麼可能是愛
有為才是愛才是情

往事已矣 莫再牽掛
回頭再看 憤恨難平
魔障在心在思在憶在言

真愛沒有失望的空間
不見傷痕 不識舊往

9/16/2020

第二十六首

愛底表達

不聯繫怎知相思？
要浪漫 要就要聯繫
空間的隔離在時間流動中考驗
是否初衷仍在
是否愛已受傷
浪漫的關懷 用不盡的情話

愛情不能重利輕別離
然而 是的難以啟口的然而
一生已千瘡百孔的傷痕

再補一刀也看不出來
是舊的還是新的痕跡

說不同溫層需要時間磨合
然而再磨就會傷到元氣呀

看見沈思的自己
看見愛情的詩篇
讀到淚濕衣襟
怎能說相思就是聯繫？

9/17/2020

第二十七首

愛無遺憾

未知不知難知所遇非人
憮然 豈只是選擇之誤
措手不及的安排
焦點模糊的生活

轉眼之間 只見蹉跎 只剩殘望
沒有情沒有愛 懼怕改變
怕重蹈覆轍 恐雲譎波詭
遇人不淑 難以解脫

然而如今
委曲已經過去了 傷痕隨有愛有情
隨著心靈撫慰而不見了
有如渾金璞玉
每刻每日協力以相愛真情
使玉成美麗的永恆翡翠
使金成漂亮的不變亮金

過去的遺憾
已被金昭玉粹的真戀消滅

既然真愛來臨
要以靈魂做至深的擁抱

百毒不侵的愛

9/18/2020

第二十八首
愛得徹徹底底

被剝奪的永遠要不回來了
過去的只是那剝離的失望
又何必喚起那無感的記憶
又何必言及那羞辱的歲月

愛情的醞釀　來自山光水秀的偶然
沒有理由　沒有策劃　沒有介紹
不約的選擇是那麼美那麼浪漫
難以抹滅的印象
難以忘懷的交談

以文學以藝術共同搭乘那愛的
時光列車
曾經擁有的山上幾天的互望

文字漸漸拉近心靈的距離
再度見面是刻意的安排
穿越時空的愛情
相逢之前已感覺到細胞的振動

知道生命有限　知道軀體難長久
這就是愛情的醒悟
天長地久只是神話

在愛的共有生命時間裡
酣春酣放酣樂酣愛……
酣之享之永不停歇……
要愛就愛得徹徹底底

9/19/2020

第二十九首

寄言

可憐饅頭嘴巴含 鏡頭不知往那擺。飯時談情說愛難 只因郎君不在旁。

問君何時能歸來 君言情傷清君側

9/4/2020

第三十首

愛的憧憬

愛的浪漫情懷
愛的痴情希望：

紐約上州隱密Catskills 山坡上
藍莓樹叢在坡地林立

在暗紅的小木屋內——

壁爐內有——

熊熊燃燒的木塊樹香味
彌漫在兩情繾綣的四周

沒有枯藤 沒有老樹 沒有昏鴉
小橋在池塘邊
沒有流水 只有漣漪 細微波動

只見彼此 只有彼此
如此如此纏錦 如此難分難捨

愛的憧憬 愛的夢境
這就是彼此共同的夢想

有古道 有西風 不見瘦馬
夕陽西下
有情人在天涯

9/20/2020

第三十一首

愛的承諾在明年夏日

明年夏天要一起到地中海邊的尼斯
不知回程是何時的假期

去看馬蒂斯（Henri Matisse）的狂野畫面

去沈醉在畫作獨特音樂Musique的
裸體線條 鮮明色彩 輕鬆主題
牽手撫腰共同走入畫的印象

去看夏卡爾（Marc Chagall）的超現實

有夢境的失落感 有意象的頹廢感
知道在身旁彼此愛的存在
不知不覺迷失在夏卡爾的超現實

在不知今夕是何夕的夜晚
走遍吃遍尼斯四十家排名第一的麵包店
撕開法式麵包 同一片兩邊同時咬吃
直到嘴唇的相遇……

走回斜坡上的精緻小木屋
在夏天的晚風吹拂下
由共望神秘詩意的地中海
到互望微明微暗的身軀線條

凌晨到山坡下那家懷古的十八世紀
咖啡館聽著古董咖啡蒸汽聲音
微熱的水氣 麵包出爐的香味
靠近尼斯鵝卵石沙灘的清晨浪漫

徜徉在地中海邊斑斑駁駁木道
無聲勝有聲的散步到一家小店
只吃croissant和
好多不同顏色的小蕃茄
情愛午餐 生命的記憶

下午到裸體海灘脫光衣服

第三十一首

反璞歸真 歸真反璞
欣賞慵懶的裸體橫陳
陽光映照蔚藍的地中海
彼此凝視擁抱

回去小木屋吧
忘記晚餐的激情時刻

9/21/2020

第三十二首

愛在翡冷翠（之一）

親愛的
瘋狂的愛情難以克制
妳說
妳可以讓我開心
讓我感到人生的美好
那也是妳願意為我做的
而看到妳的第一眼
妳走過來時
就知道妳會是我的愛

但是妳說愛情需要慢慢醞釀……
妳在山上課程臨別的最後一晚
找到我
要我念徐志摩的翡冷翠的一夜
給妳聽
妳問我詩中愛的結局
徐志摩寫最後一夜 臨別一夜
難依難捨 可能不會是妳祈望的結局
望著窗外的龜山島
妳問我翡冷翠是不是義大利
佛羅倫斯 是的是Firenze 翡冷翠
徐志摩不用Florence
非常美麗的非常詩意的譯文

有一天一起去翡冷翠
說這句話時愛已萌芽

半年轉眼而過
終於得到妳的回音
要知道翡冷翠的一夜
根本見不到翡冷翠
見不到Signoria 廣場的海神噴泉（Fontana del Nettuno）
見不到烏菲茲美術館（Galleria degli Uffizi）
是的要去看翡冷翠
去文藝復興的發源地
翡冷翠　中古世紀的雅典
去見翡冷翠

第三十二首

親愛的 也要去Tuscany 的葡萄園

9/22/2020

第三十三首

愛情計劃

去過也好　沒去過也好
沒一起去過　就不是共有的風景

愛情計劃是以離世為終點
何時終點難計劃得完美

想像離世前最後的爭吵
埋怨話沒講完就走了？
埋怨愛情計劃沒完成？

共有的風景 共有的記憶
箇中滋味莫為外人知

太多的愛 太少的時間
這樣的牢騷 彼此沒結論

語言文字的互相薰陶
擇日相逢就沒有飄渺

青天碧海
共有的風景

只有喜樂愛慾

只要六欲齊全

9/23/2020

第三十四首

解析情愛

知否？
彼此心畫 彼此心聲 彼此心證
全然無疑無慮

愛情有抑揚頓挫
情愛有起承轉合

人生舞台
彼此是只有彼此的觀眾和演員

悲劇乎？ 喜劇乎？
彼此是只有彼此的編劇和導演

只記得瑩然已裸底嫵媚
完全無法招架
骨頭已懈 人已癲狂
難強自遏抑 無法暫忍

愛情語言無須記錄
愛情文字無須規則
不是遊戲 不必擔心違規
不是交戰 無所謂勝或負

逃無可逃
要逃
就逃入彼此溫柔的懷抱裡

9/24/2020

第三十五首

相思相愛

睡前
不想也難
想著 甜言密語 以及其他

記得要關燈
不讓彼此看到歲月的留痕
抱得愈緊
愈明白沒有喘息的空間

夢中溫柔鄉有幾回？

尚未熄滅

第三十五首

期待相逢 何須問有無

戲言高山流水尋尋覓覓
要知悠悠置之愛之撫之

吸氣吐氣 交纏難解難分
入夢出夢 醒而未醒之時
始知 愛之深 情之重

9/25/2020

第三十六首

就是要擁抱

愛的叮嚀就是有一點囉唆
掌心是愛底叮嚀 掌背是愛底囉唆
要用兩手兩臂擁抱
才感覺到愛底美好

再美好的物質奉獻
抵不過擁抱的美好

不可思議的戀愛靈犀相通
親愛的

不要震驚
超越時空的心靈感應
無時無刻的熱情擁抱

9/26/2020

第三十七首

陽極陰生的浪漫

再怎麼說 情緒不穩
純粹浪漫的愛情
曾幾何時已不可能

柏拉圖式戀愛
精神相交 談形而上
時空隔離從來不是問題
這樣就有快樂，極樂世界？

地球日夜兩面的愛情

達不到形體的天人合一
另一半和另一半
各處日夜兩面
難以體會仙境的存在

愛慾無罪惡之慼
陽極陰生
極樂消災
人間有仙境

不要顧憂 不必顧忌
天運循環本就難測
不必求解而自困

有陰無陽
必然成仙無望

要知此乃
一日仙人
而死亦無憾矣

9/27/2020

第三十八首

愛要即時

生命倒數計時
幾小時過去　生命減少
即使愛情並不削減
卻也不能等待

互相凝視的心動
無奈的視訊

即使日久不生變
花也會殘　柳也會敗

莫等到人老珠黃
老樹枯柴難撩情

愛要即時
歸期要有期
只要
共剪西窗燭
不要
翠消紅減的傷感

9/28/2020

第三十九首

愛於晚霞時刻

錯過晨曦的若隱若現
錯過上午的早香悅性
錯過正午的旺盛蓬勃
錯過下午的茶聚情趣

相遇在醉倚欄桿
曖昧晚霞迷漫時刻
餘霞將散未散的惆悵
欲暮將臨未臨的困境

日落黃昏
暗香浮動夜將臨
丑時靈魂附身時
在死亡位置
種上
一朵
凋零玫瑰

9/29/2020

第四十首

中秋前夕寄語

悠然愛語心會
兩情相悅無窮意趣
難言其妙

隔日即中秋
內心風色共影
天上人間齊享風流

非孤光自照
非秋色蕭瑟

情騷慾動
難自禁

追求素月分輝的情愛極悅
今夕何夕不必知
只知深深期待
年年歲歲纏綿

9/30/2020

第四十一首

今年八月十五夜

今夜

不是酒狂不憂未來
今年八月十五夜
滿月心緒不勃亂

今夜

明月高揭
無夜烏悲啼

無情慾纜人

今夜

忘記飛燕舞風的過去
忘記帶醉風情的過去

今夜

沒有恍惚沒有恍神
無痴無悵無靡無蕩

今夜

無嘆息無苦顏
心境澄澈
今年八月十五夜

10/1/2020

第四十二首

只求溫柔

說過去的事
不知溫柔為何物

知之或不知
求之或不求
何須問矣
何須問有無

有菱有角的過去
難成圓

有了愛戀
才會有情愛的奴隸

有戀有慕的相識
風致韻絕的心動

溫柔在邂逅後
不在無情無感的過去
無論有無前緣
沒有溫柔就沒有回憶

往事誰能說清楚？
沒有愛過的記憶

蒼白無色
即使如此
相信隨著時間流逝
遂成不相信的相信
只因為往事的記憶
沒有溫柔

情愛之心如此灼熱
無限的情騷
難禁的心之火熱
起伏於
全然陌生的感官世界
在燃燒不盡的時刻

第四十二首

只求溫柔的永生記憶
只求溫柔的體貼
只求不負今生的溫柔

10/2/2020

第四十三首

愛之糾結

慾望須堅持
拒絕虛度日
不知去年花
不記昨日愁

婀娜嬌態可忘餐
定情之日　難分難捨
而今
天涯情定難依依
多淚多言苦吟詩

第四十三首

有約在明日的明日……
問歸期是何等傷神……
蕭蕭秋色知之天涯

怯怯難言
說不完的糾結意識
難以分明
語言文字的隱喻

依稀意象
冥冥之中
尋真辨幻

何須惶恐
不必懼怕
……
不必懼怕
那可能沒有明天的未來

10/3/2020

第四十四首

愛情易經

心不靜
何有禪

談情說愛成痴
成痴可以專心？
心既專就可以靜下來？
如此禪定？

縱情之愛亦何妨
安矣定矣無別念

思之念之而靜之
此禪何解？

不言寂寞
恩愛天緣合
洞房存心靈

夕陽殘照無所謂
撲朔迷離的長夜
時濃時淡的晨光
白天有陰也有陽
愛永無顧忌陰晴圓缺

天荒地老
不求一人之禪
不求心定空無
只求陰陽調和

啊
那燦爛輝煌
那五彩繽紛
那繾綣纏綿

不羨天的
溫柔擁抱

在時間的流逝
快樂地步入生命的盡頭

10/4/2020

第四十五首

夜夢魂散盡

夜夢聞暗處隱隱作笑聲
生恐不語假寐以候
見一女人可比花嬌
輕聲細語向其女伴
示意此生假寐
必令其真唾

嬌女現身觀生
撫其身體
言

天下痴情生必假無疑
另一女伴亦言之
天下專情生乃偽善也
嬌女言
如何去除其魂
女伴曰
丑時行之不難
乃寂無聲
生仍死睡
書卷在旁
聊齋誌異
不知兩女乃灘水狐
痴情乃原罪

專情非緣道
嬌女之女伴曰實不堪生之擾
約嬌女替天行道
人世間
不容如此痴情專情之生
不除此生
必有後患
人間乃非天堂
不亂情不人間
兩女狐神遊人間
本戲生為樂
豈料生動真情
枉顧嬌女

專情於其伴

生之魂被情所害
隨其肉身瓦解
難有遺留痕跡
陰魂散矣
三界漂泊

10/5/2020

第四十六首

惜情之惜情

在紐約格林威治村這條街上
她來此開店
年念約四五
有韓女之潔淨
無日不在店中
有韓男支持
偶而來之
時光在夢幻的眼神中流逝
十年過後
某日店關門歇業

乃不知去向
有言等了韓男十年
無祈待之結局
絕望悄然離去
春去秋來
無不凋之花
麗人來去
依稀記得有幾人

在台北市東區
一家公司的女業務員
忘我工作
無顧歲月之流失

周旋客戶服務
天晴或暗無視之
年假乃夢之旅
遠離台北
擺脫束縛於短暫流水高山
潔淨肌膚漸萎
愛之遙遠
無求無慼無怨

春波剎那
雙宿雙飛
愛情神話
美麗有期限

堪憐何其多
情運本難求
人生易蒼茫
要知
惜情之惜情
惜情……

10/6/2020

第四十七首

昔日悵然未果

天將明未明
追蹤到深山內的小村
村前有清澈的河道環繞
果然遠望到驚鴻一瞥的
柔情綽態的伊
如朝霞之秀麗
立於溪河旁

來不及撫平振蕩之心波
伊已被挾持

匆促入小村內
無猶豫徬徨
狂奔隨之
英雄氣概志在必得
救璀燦佳人
忽焉
四顧無人實令人狐疑
一股寒氣逼人
空曠之地
卻聞彌長哀厲聲聲
追蹤未果
悵然而退

10/7/2020

第四十八首

不再消遙遊

遊乎四海之外
仍舊是尋尋覓覓

無驚於自然巨變
無懼於人生利害
悠然自在不緣道
說不喜求
難免孤單

風花雪月非情關

沒有說不完的故事
沒有說不完的情話
英雄所見難略同
愚智選擇如夢之大小
總有夢醒
必有結局

追情何解
有解無解
是然非然
內心難辯難求
漂泊難有知音

尚未熄滅

第四十八首

靠岸停泊乎
但見情深款款
招手迎接

10/8/2020

第四十九首

舞姿

舞姿若飛的快三
雙雙入樂而忘情
這是記憶或是渴望
是誰教舞帶舞？

慢態不能窮，繁姿曲向終。
低回蓮破浪，凌亂雪縈風。
墜珥時流盼，修裾欲溯空。

唯愁捉不住，飛去逐驚鴻。
慢態不能窮，繁姿曲向終。
低回蓮破浪，凌亂雪縈風。
墜珥時流盻，修裾欲溯空。
唯愁捉不住，飛去逐驚鴻。

10/9/2020

第五十首

樂音難平遺憾

音樂音聲補詩歌吟詠之不足
於古不同之處乃千里之外
可共享共賞共處樂聲之愛
孤獨孤單寂寞有不同解釋

以樂音解獨處之困境
乃忘梅止渴的時候
情之宣卻成情之窮

導養神氣

卻
氣更旺求
宣和情志
卻
慾念難消

再合心忘慨
再改韻易調
沒有觸覺的激情
樂音流漫徒增相離之憾
音再豐采

再多共鳴慕慕
再多含情飛揚交織
也是牢落不堪
也是擁鬱難抑

10/10/2020

第五十一首

情盼秋思

風舞於樹間花緣
情蕩於秋暮漸寒

愛要縱意放肆乎
存在有期限
四面八方之天地
如生命之須臾
情何以堪

想像相聚

焉能無酒
醉而非醉
醒而非醒

不覺秋寒

匆惚恍
空靈星辰
匆徘徊
心知造化

從容生活
悠悠我情

傳於神空
風塵中彷彿聽到
彼此對愛的頌歌

10/11/2020

第五十二首

情愛與藝術

心畫心聲可詩可文
心畫可畫不可畫乎
心聲可聲不可聲乎

文如其人可信不可信哉
以文知人可知不可知哉
情操與為人難以文識之乎

唐伯虎摘桃花換酒錢？
頹廢狼狽潦倒以詩畫自贖？

又詩又畫又歌必有伴
祝枝山寫嵇康酒會詩
不只心中有個唐伯虎？
祝枝山觀唐寅點秋香？

要知潘安仁寫詩寄情於閒居之樂
乃心畫心聲非現實
元好問真的問錯了
潘安仁的生活現實
詩文飛躍乃超現實

自古風流才子
豈只唐伯虎

如今秋香倒點唐寅
豈只世事難料

10/12/2020

第五十三首
生死不分離之愛

不要忘記彼此情愛如何開始
不要要求彼此情愛如何結束

擁有彼此的愛是多麼幸福
沒被遺忘的愛底喜樂交集
不必知道愛底極限之有無

有了情愛才擁有生命
滿足情愛的一切需求
不管春去秋來

不見花開花謝
不理黑夜天明

無匆匆之時光
徜徉從容
愛之優雅
沒有盡頭

莫言慕戀幾時了
但求情愛與生命
形影不離
靈魂相隨

10/13/2020

第五十四首

情歸何處乃自知

人生如戲？
情變是幻是真？
這個故事如同其他的故事
沒有嘈雜喧囂
世間多少傷心
多少悔恨已遲
聽說三十多年年華不在
要懺悔要訴苦要擺脫
須知情歸何處？

有才女寄情於繪畫藝術
想像自身過去青春美麗身體
在畫布上從保守的捕捉
到無傷心無怨恨
幻化成濃淡交錯的背景
前景並不撲朔迷離的
誘惑的無瑕疵的自我裸體
啊！是真的看不到中景的
半寫實半超現實的畫面

另有幸之女
寄情於又自由又自律的
獨立事業生涯規劃

不管在何處
不管選擇方式
豈是同病相憐？
豈是命運相連？

知音何處尋
情運各不同
多少未來濃情蜜意
不單是一念之間

10/14/2020

第五十五首

喪失溫柔的情慾變態至死

四十年前曼哈頓格林威治村
布里克街77號4樓共有公寓
吾友年未三十
寒冬之夜
和同居之台灣同鄉女友
成雙離世
殉情？
皆無親人在美
偵探通知住在同一條街的我
現場血跡四溢

從浴室到臥室
身體已經搬離現場
這就是我—格林威治村的冬天—
從未拍成電影的劇本之源

現場分析及軀體解剖
訪談管理員及鄰居
及女方同學
及吾

而有此論
男用刀殺女再自殺
至今吾仍否定此結論

男女雙方吾知之甚詳

情愛感官世界之複雜非外人知
縱慾虛無
無生計壓力
情幻之實驗
狂喜過度
蓄意割腕血液外流
循環喪失規律
之瘋狂感官體驗
變態之極
昏迷
時不我予

比 1976 年大島渚的感官世界
過程更極端
更瘋狂
更接近死亡

情愛關係非感官實驗
愛之溫柔吾友無感悟
祈禱雙方亡魂覺悟
真愛乃溫柔之愛
啊！愛之溫柔

10/15/2020

第五十六首

只求情覺永不止息

空氣中瀰漫著愛底誓言
不說因果
無謂前世
只求尚存的今生今世
有愛而不再渺茫

無懸念無擔心
無懺無悔
溫柔用情
多少輪迴無需求

溫柔痴情
不覺時光流逝
非眼前形體又如何
呼吸的空氣中瀰漫著
彼此愛底情覺

只要一息尚存
只要彼此有愛
無疑之心
不倦的傳情
在分離不亂的日子
在愛不幻化的時時刻刻

只求情覺永不止息

10/16/2020

第五十七首

相識恨晚的遺憾

遺憾難免
情事無完美
自古皆然

別後多情必惆悵
相識難不恨晚
彼此過去不能想像
淒迷心緒徒增悔恨
再思量更徒增傷悲
如何曾經滄海

如何巫山風雲
不是共同的舊事
消逝的盛年
永遠不會重來
人生無奈之餘
但願未來
年年歲歲
消除不是共同的過去
不必問知多少
只是連明珠都沒有得還
無緣的過去
恨不得

花未謝
枝未乾
入秋最美
不是嗎
寒冬相伴
至少
仍舊有再一年

10/17/ 2020

第五十八首

從容赴約的愛情

憧憬
今生來世的可能
緣份只是有無
不是深淺
無緣起無緣滅

有情有愛難衡量
難對比輕重
情愛有條件
亦或無條件

沒有關係
情愛無永恆
個人存在感覺時間有限
人類文明時間有千幾年

人欲天不從
從容赴約
人生如此
如此人生

10/18/2020

第五十九首

互擁共飛魂不銷

因緣際會
相約相愛
於剩餘生命
有如被火山灰覆蓋
龐貝古城重新再世

暗紅如血的背景
盼望憧憬的眼神
沒被灰燼的夢魂

多少昨夜星辰的寂寞
多少永恆在星空之外
在剩餘的歲月中多情

難求刻骨的情愛
身在情在
只求此時此刻

濃也好淡也好
不寂寞的殘餘
情不銷的唯美
求靈魂昇華

互擁而飛乃
最難的選擇

10/19/2020

第六十首

今年八月五日未申之憶（初訪關西）

在風雨交加中
在那天中午
相約至新竹關西
非探景情懷大樂之野
未知東安古橋的浪漫

心跳隨著雨刷加速
開車的前景一路很迷茫
側景空間想像刻骨銘心

盛夏風風雨雨的下午
在關西的上坡路旁
期盼的主人回眸迎接
燦爛的笑容頓掩天陰

左右兩壁架上書籍觸頂
智慧氣氛豈止膠著美好
三人共飲一壺好茶
結伴來客醇享關西美食

贈書談政論時事
情詩擺一邊
競選在即

鄉情抱負好動容
愛情陪伴
友情加持
在這失落的年華
何其有幸

非故山無歸夢
依然喜氣漫延
在這微微山坡
關西的讀書堂
不求花顏金步

在這末時之末
在這申時之始
有愛情有友情

淡淡悟出
此處乃心靈底
原鄉

10/20/2020

第六十一首

賦詩贈吾友魏碧洲

洞察分析時事
天下之亂
拿分寸之筆
提憂心奈何
誰知明志實難

暮秋漸失和風
秋逝冬入
世局將定乎
個人榮枯無人顧

君子難為
世儒不再
歷史變遷
豈能擔當

既然做朋友
知義不拘小節
反求諸己不自拘
君乃有識之士
志不在功名
清心明言
但願四海無交兵

把酒高談闊論
訴心懷書友誼
無鬱無怨無憂
情宜共堪
一世人生

10/21/2020

第六十二首

情趣無窮於有限生命

說
愛豈在朝朝暮暮
答
不朝朝暮暮非愛也

說
愛放在心裡深處不會消失
答
放在心裡深處
不示愛怎能知

生命有限
瞬間和愛一併消失

記得不記得
乃選擇問題
人事權衡輕重
情事心無度數
孰是孰非
心知不難

說
沒有波折的愛怎可能刻骨銘心
答

要刻骨銘心就得有波折的愛乎
非也
對視而笑眉目傳情
開心快樂妳來我往
刻骨銘心勿須波折

情趣無窮無盡無休

10/22/2020

第六十三首

承諾消逝

在一個被遺忘的早晨
在一個不是徐志摩的黎明
時間進入發酵的時候
喪失控制的意識
從一更等到五更
凌晨當然是最容易被遺忘的時刻

無鳥語無花香
只見枯黃落葉
晚秋清晨涼意

沁入心坎寂寥

昨夜非獨酌亦非薄飲
乘醺蒙衣登榻獨偃臥
從四更到五更
在被遺忘的暗淡
無光的承諾消逝

淹留不去的
被遺忘的凌晨

10/23/2020

第六十四首

不得輪迴的今世情愛

沒完沒了的情愛
沒完沒了的糾纏
心靈是無際的
只因為認識
在心靈的境界
忘了塵世現實的
交往成本計算

黎明星空淡濕
如同未掉的淚水

似覺心湖水莽蔓生
已入身而仍未發作
預知生命不得輪迴

不必驚駭
異數一生
沒有誤食情果
當不成亞當
只因夏娃拒食

誤食水莽
卻有抗體

尚未熄滅

第六十四首

雖然天不絕人
不知能否復原

無隙可乘無輪迴
在瞬息而渺未來之前
在心海水莽巨毒未發作之前

不必相約在銀河之外的行星
只求今生在這塵世擁有最後的
真實真誠的
不會輪迴的
情愛

10/24/2020

第六十五首

死而無憾的愛情

無懵懵無茫茫
然痴情難免
恍惚瞬間
方知墮落在
思念的密密層層

心靈相顧
沒有是非的相扶相持
人在氣強
在流動的歲月

尚未熄滅

第六十五首

只有相愛的痕跡
從沒有改變
到不會改變
無隱無藏的表白
給予就是佔有

天地本一體
難分難捨地
尚未湮滅的
愛情軀體存在
傷痕本來就是看不到

讓有限的生命時間
充滿愛的溫馨活力

縱使共有記憶
煙消雲散
歸於塵土

仍留下瀰漫在塵世
空氣中的愉快飄然

10/25/2020

第六十六首

情海波動本難免

非金色年華
非餘韻猶存
無翩翩之姿
無翩翩之心
然令人著迷
魅力本難解
自古情有獨鍾

皆難知其所源

所以本來就不必追究
在不是在一起的時空

放空和沈迷
生存即選擇
安撫感情的推理
要縱聲大笑
解之難也

不必求同床
但求不異夢

10/26/2020

第六十七首

有過去沒未來的駛動

狂風暴雨在車內發現
雨刷聲音非常不同
太久沒有下雨
在橋上望著曼哈頓
空氣中瀰漫著
雨聲風聲交織在一起
舞動的絕美的
末日招喚

不能想像

難以言喻
思維被周遭的隱喻
帶走到一個陌生的
感覺圍繞

車子滑動入 Williamsburg
橋下右方的小街道
在曼哈頓已對自己的存在
僅存觸覺

以有覺隨無覺
在接近尾聲的歲月中
飄盪

10/27/2020

第六十八首

選擇快樂的虛無

不能再繼續這樣下去
追求不可能的完美
世上沒有演奏不完
的樂曲

約定時間的變更
沒有改變時間的流逝
站在台上的交響樂指揮者
曲終一樣人散

不會永久
喜也好哀也好
快也好慢也好
一曲再一曲
散會時分不出
誰曾經站在那裡
坐在那裡

誰說世上有共同的記憶
記憶是無法選擇的
快樂或痛苦
人亡前
記憶早已先走一步

10/28/2020

第六十九首

無藥可醫的喬治亞藝術家

面對這幅畫
英雄騎士在馬上
美麗的長髮美女
裸體青春的背部

在這喬治亞餐廳的外面
僅隔一牆的人行道上
坐在地上幾乎醉倒的
畫家
這幅畫的創作者

喬治亞國家不願歸
美國夢曼哈頓的狂戀
酒精已和血液合成
離不開的濃度
鄉音難解
在這充滿離奇夢幻的
Bleecker Street
自我放逐
前撲後繼
在這入冬時刻

冰雪即將來臨
即將掩蓋藝術家

在一個即將到來
冰凍成僵屍的結局

10/29/2020

第七十首

今非昔比／面目全非

—給馬英九（10/8/2020）

何必抽刀斷水
何必舉杯消愁

此夢非彼夢
何必自取其辱

昔日華盛頓廣場晨跑
你我雙眼被快樂的汗水
掩蓋但對未來的理想視線

從來沒有模糊過

1975-1976
SoHo的未來主義者劇場
你是最知名的觀眾
我是被遺忘的創作者
幾十年後
紐約市法拉盛美東學術聯誼會
你是日正當中的政治明星
大會的聚焦
我是分組演說的社區小卒
當晚餐會中
在攝影機的閃光交插時段

在夏立言大使的慫恿下
舉杯向你敬酒
眾目注視著
你舉杯向我回敬
酒杯碰上
你說
舉杯消愁愁更愁
我說
抽刀斷水水更流
四週的人以為你和我
有神秘幫會人士見面暗語
殊不知 1975-1976 SoHo 李白詩句之演

你是代發傳單的外交政治長才
盧志明的舞劍氣勢非凡
當晚你的風采不輸給台上舞劍者
是的抽刀斷水水更流　舉杯消愁愁更愁

法拉盛一別　緊接著你當上中華民國總統　風采依舊　意氣煥發
一任再任　對六四　你仍懷抱當年成功嶺的獻旗熱情
甚至和六四生還者在台北高
論孫中山的三民主義

接著和習近平會面談中國夢

卸任後

你的焦慮寫在臉上
你的風采已經不再
甚至首戰即終戰
都能隔海唱和

馬兄英九昔日紐約同窗
要知抽刀斷水水更流
要知舉杯消愁愁更愁

你我的理想已成明日黃花？
紅潮已掩蓋孫潮？
馬兄英九同窗
孫中山並不在大陸

孫中山理想在台灣
當年你我誓言為理想獻身
如今安在乎？

10/30/2020

第七十一首

記憶負荷

——給王渝

西元前2690年黃帝即位居有熊
西元一年王莽號安漢公輔漢平帝
西元八年王莽篡位亡西漢
劉邦稱帝項羽敗死在西元前202年
西漢存在210年

大江東去　時光飛逝
西漢後有王莽新朝存在15年
接著東漢　接著魏晉南北朝

接著隨唐 接著五代
接著宋元明清

1912 孫中山就任
中華民國統治大陸只有37年
1949 中華民國退守台灣
1949 中華人民共和國成立
1949 妳到台灣小學五年級
1950 我生在台灣員林

妳我和很多很多的知識份子
開始了改朝換代的記憶負荷
而且只會一天一天加重

妳我在美在幻在悲在喜的詩中
擺脫改朝換代的記憶負荷
尋求永恆的解脫
尋求靈魂的安慰

10/30/2020

第七十二首

一瀟問乾坤的情愛

愛情無需風格
戀愛選擇風格宣示
前題與條件及資格宣示
追求者的偽裝已成必然
愛情已經是遊戲
按照規則
門戶大開

心靈探討是層次交疊
是柳暗花明又一村

有山有水有樹有花
有大自然擺置的落石
如同在紐約上州七大湖
尋找雙方光影能重疊的
湖邊剎那

從未知到覺悟
從未知道的視覺領域
到身歷其間的震撼

從問答語言開始
或從認識後文字交流
在選擇與放棄之間

尚未熄滅

第七十二首

在思想內容發現和被發現
尋求心靈的交集

在共同心靈空間內
爆發銷魂的情愛
一生一世的承諾

11/2/2020

第七十三首

悟易得道之情愛

寂寞起於獨處
真的嗎
真的是這樣嗎

寂寞起於隔離
真的嗎
真的是這樣嗎

因緣際會
共享時間即共享生命

語言文字解惑
不及會面的喜悅

在可求與不可求的選擇
中間沒有空間
只是有或沒有
有天必有地
有地必有天

脫穎而出
向孤獨寂寞道別
初識易道
走向愛的乾坤

11/2/2020

第七十四首

失蹤底故鄉

——妳是巫寧慧，王渝的五姨，她是王渝

在天涯在海角
在台北在紐約
她沒有忘記過妳
兒時南京的記憶
是青春是花樣年華的妳

河流再婉蜒再洶湧
總有源頭
1949到1975

她沒有忘記過妳
載著滿滿的鄉愁
尋找妳
等待妳訴說斷章的故事

故鄉的土地再怎麼變
底層仍有古老的芬芳
妳底故事蓋著風霜
埋在歲月的無情

她在等待著想知道妳
封塵的心靈記憶

那麼遙遠又那樣靠近
那麼熟悉又那樣陌生
妳其實就是她逝去的故鄉

11/2/2020

第七十五首

日夜開關

—— 5/14/2020 生日

旭日東昇 吾底影子在漫步中
時長時短 時前時後

汝在何方是解不開的困惑
卻如同吾底影子糾纏不清

夜幕低垂 憶妳我靈肉交替喘息
悔恨關著的夜 逐漸被時光遺忘

人被拋入世間 隨日夜開闢
而衰 而老 而物化 而無聲 而無息
存在乎 空無乎
是可有矣 是可虛矣

11/2/2020

第七十六首

心靈失落

走過了這段路
居然沒有看到自己想要看的
是失望造成了停下腳步
想想自己想要看的
可能已經不再存在了
可能已經被毀掉了
讓人永遠看不到了

開始懷疑自己的意圖
開始覺得走這一段路

可能是個錯誤的決定
可是要走回去時
卻發現來時路已經認不出來

路有超出一條才會迷路才對
認不出來來時的路
往前走似乎無止盡
往回走完全是陌生

才發現路上根本沒有人

11/2/2020

第七十七首

葉之極致

你說
天空那一抹藍
像極了一片葉子
我說
天空那片葉子
像極了你底手掌

白雲如你淡淡不絕濃情
那天上如葉的手掌
有形無形地

日夜掌握住
吾底心靈相思
啊那失魂落魄

11/2/2020

第七十八首

兩瞥

往內心深處尋視
密密麻麻的記憶
無法停止的一瞥
眼神尋愛無厭倦

面向浮現在眼前
隨著旋轉的幻象
終明法相之存在
兩瞥分離難復合

11/2/2020

第七十九首

曾經擁有

在這最殘酷的四月
漫步走過那棵半開的櫻花樹
淒美的欲開半開
走到那熟悉的小涼亭
黃昏剎那的寒意
激起感覺相同的那一夜刺骨的
和妳在一起的亦濃亦迷
和妳在一起的剎那永恆

如今 天各一方 終究

生命如海邊之細沙 如山上之碎石
難以辨識 想到文明終場之後
煙消雲散 無夢無憶

11/2/2020

第八十首

傷神的過去

只因為
愛不是俯首帖耳
只因為
愛不是唯命是從

談過去
總會跳針跳神跳詞
談過去
總覺得記憶會斷線
談過去

故事描述只有遺憾和失落

春去秋來
花開花落
季節變換
花再開
已非昔日之花

因為
沒有見過看過
過去
只是惘然杳然

11/3/2020

第八十一首

悟情

物有一體兩面
人有身之前後
無形的感情
有正有反乎

遠看近觀形象難同
昨日之是
成為
今日之非

印象最深刻
最美乎
生命是和時間的競賽
再久也是有限
花容永不失色
只在神話
只在記憶

最美的就是
最想要的
共同時光
天地運轉
萬物皆逝

在美好的情愛擁有
不虛度一生一世

7/4/2020

第八十二首

留住剎那情緣

心不可如槁木成灰
在存在的一輩子
有喪失
有獲得

選擇有幸
也有不幸
剎那彷徨
不知所措
愛的一生最難的就是對象

合與不合
真與不真
解與不解
給與不給
愛情是有心和無心的對比

形單影隻的感覺
不見得是寂寞
既然沒有所要的
愛情
最可悲的是勉強自己

在茫茫人海中

存在著愛之可能
珍惜那
剎那的情緣

11/5/2020

第八十三首

愛之共迷

人有正邪之分
自古皆然
人之衝突
史有記載

戰爭與和平
人生有幸與不幸
亂世情緣
一朝一夕
溫柔共享

人生無永恆
情緣難求
名利雙收又如何
心不空虛
共仰天
共噓
共遊
共迷
顛倒乾坤

11/5/2020

第八十四首

亂世中愛是不能等待的

人生奈何哉
東征西討
將帥之命
當馬前卒
為何而戰
毫無選擇

自有歷史記載
多少悲歡離合
多少春花秋月

愛情是被遺忘

誰在意多少人死亡
誰在意生離死別
野心家總有理由
槍桿子出政權
派兵遣將
血流成河
只為了一個人的私心

個人生存何其不易
當征服者的人民
當被征服的人民

生存
斯德哥爾摩症候群

已知成未知
未知成已知
再演一次春秋戰國
再演一次出埃及記
不變的是人性貪婪

女性在歷史上是勝利者的玩物
成吉思汗死亡之因成謎
精盡人亡乎
半割或全割

荒謬絕倫的下場

儘知道歷史的無情
儘知道人性的貪婪
儘知道生命投入地點
毫無選擇的生存

理想國不在人間
愛情親情友情的可貴
就是即時
永不放棄的即時
不能等待的即時

11/6/2020

第八十五首

尚未熄滅

不是覬覦
不是一時的浡然
黃昏開車往曼哈頓
回憶於車內的茫然

多少年來這條高速公路上
看過多少次的連綿不斷的
車燈
麻痺的等待

尚未熄滅

第八十五首

往事從未已矣
仍然婆娑
尚未氣盡
再度期待

在地球上任何地方
感覺感受感動感情
在腦海湧現
從未間斷過
睡眠有潛意識
醒來更多聯想
愛
在不折舊的

餘生

11/7/2020

第八十六首

追逐落葉

——給洛神花

輕飄飄的落葉
妳追逐
發現一片落葉
兩面顏色不同

落葉有陰陽
快樂的妳
飛躍在草地上
在樹下在樹旁

陽光成線入葉間空隙
妳的笑容和浪漫的笑聲
編織即將存入記憶的美
希望有不朽的記憶傳承

佇立
望著妳的歡笑追逐落葉
想要讓妳未來能知道
妳曾經擁有我的愛
拿起鏡頭記錄
存入

11/8/2020

第八十七首

庚子年初去見母親

台灣

台北往台中的高鐵臨窗位置
熟悉的窗外飛逝的景色
即將消逝的座位記憶

台中轉台鐵往員林
月台的視線
交叉青少年時期
過去的自己

員林火車站叫計程車
往社頭善德禪院
想著禪字已被濫用
想著善德寺的開始
母親牌位的象徵

站在寺內內層一個角落
可以數據的創始逝者名字
單純如母親的故事
善良如母親的一生

聞不到金錢香火

見不到人影擾動
聽不到任何聲音

在這疫情開始擴散的初春
從即將重創的紐約市
來到母親身邊

那深土黃的木牌
那如此簡單的象徵
如同母親的善良
高尚的情操

11/9/2020

第八十八首

心靈無平靜的位置

藍天白雲
層次過多的紅色
在落日的一端
想像徜徉在這風景
視覺沖擊

點燃了所有可能
幻覺
期待沒有結束
未來沒有未知

開車在曼哈頓 Houston 街道
由東往西
一個街角
紅燈時伸手求助
悲傷的眼神
在下一個街頭
躺平在人行道上
難以觸目的身軀

景色沈淪
撕裂
無法安置

心靈的平靜

在這庚子年末
在格林威治村
在SoHo 進口
找到停車位
車窗外
求救的無助的眼神
頓覺
找不到
內心的安寧位置

11/10/2020

第八十九首

有性無愛的自我毀滅

昨晚聚餐
五位男士
論及情愛痴迷
男人的不計一切
什麼都給
只為了一親芳澤

給了曼哈頓公寓
再給邁阿密
再給烏克蘭基輔

他在曼哈頓
半夜自提賣紅酒
她在烏克蘭
正午海濱晒太陽

為什麼愛得如此
沒有答案的痴迷
當床頭金盡
奇蹟不會有

同甘容易共苦難
性的痴迷

沒有金錢
那有甜頭

11/17/2020

第九十首

等待送報者短暫的交談

不是固定的約定時間
沒有任何的會面承諾
早上八點開車五分鐘
到達小頸這華人超市
讀聊齋誌異等待開門

不是為了購買
不是不會上網
只為了拿報紙
只為了見送報者

溫情友誼當天報

不同的鄉音
不同的背景
相同的鄉愁

在這攝氏零下四度
寒風早晨
沒有人會在意
短暫的幾句話

提高音量
提高音量

穿過口罩
穿過攝氏零下四度的寒風
內心的吶喊

11/18/2020

第九十一首

愛要即時即刻

微醺微愁微微的相思淚
難忘的吻　吻到心坎裡
吻懂彼此的心靈訊息

非蝶戀花　非花引蝶
非情劫　非緣幻
從淡淡的望情　到濃濃的示愛
在彼此傾訴的時刻
內心的寧靜和激盪交互起伏

不讓哀怨的過去 纏身纏心
超過越過世俗的塵囂
無邪無惡的超凡境界
無憂無慮的超美愛情

是的親愛的
我們終於看透了生命的有限
是的親愛的
我們終於知道在滾滾紅塵中
相愛真的要即時即刻

9/11/2020

第九十二首

庚子年七月中旬回台灣

庚子年七月十五凌晨一時
從JFK坐EVA長榮航空
直飛台北桃園國際機場

在機艙內所謂梅花座
瀰漫著濃濃淡淡不安

左邊靠窗父親坐走道位
兩個小女兒依著坐靠窗
背後緊接著一位步入中年

眼神幽然而心神貫注在
那位父親的女人
她的座旁擺放兩個大提琴
兩個小提琴

右邊靠窗單身中年女人
飛機起飛後馬上平躺下
一個人三個位置
無奈不安的眼神
投射而來的情緒
沒有感染到我

單獨坐在四個位置

中間部分
前面空後面空
看到的就是這些
飛回台灣的同胞

飛機內這些口罩臉面
陪伴至少十六小時
共有人生
僅知道要吃兩正餐
不斷的點心
睡了又睡
醒了又醒

左邊英俊瀟灑的父親
不時和背後漂亮女人
耳語之時
兩個小女孩一起站起來
一起上洗手間
在走道上注視著我
我微笑致意
她們和那女人毫無互動
我知道那女人不是母親
也許音樂是她們的語言

右邊靠窗健美女人
不時在走道上伸展

瑜伽誘人的姿態
壓抑的即將潰散的眼神
感覺到她在尋找
身心的平衡

站起來準備下機的等待
避開右邊瑜伽美女
急於交談的表情

往左邊看過去
兩位小女孩正對著我微笑
我輕輕說 Good Luck
令我驚喜

她們異口同聲回說
Good Luck
那一幕
到今天仍然難以忘懷
那一幕
到今天仍然讓我心碎

11/20/2020
寫於等待魏碧洲
在 Blue Bay Diner 共進午餐之時

第九十三首

難以釋懷的感恩節前夕

冷冷的感恩節前夕
不能過度期待
時事不僅一朝異
文字表情符號
有如落日時刻
入黑入暗

什麼才是遙遠的距離
五尺分隔可以天涯
感情的距離如何算計

怨無百年之可能
恨無千載之荒謬

愛情不是宗教
在這疫情蔓延的時候
如何要求太多
感恩節如何又如何
如何安慰的選擇
又如何呢

11/25/2020

第九十四首

庚子年末愛情新解

濃烈情愛
震驚了37.2兆細胞
如此甜蜜
怎能幻滅

然而震驚有平息
甜蜜滋味是感覺
生命不能再重複
距離也不只計算

文字語言難分解
維繫感情本不易
總是有言外之意
如同白雲般的美麗景色
瞬間變成烏黑濃密的憂鬱

眼神也是神
世上有神友
神情隱喻內心深處的秘密
愛情可能降格到友情之下
過去的錯誤永不可能被對方遺忘
現在的對視可能神不起來

第九十四首

再多的溝通
再多的言語
挽救不了記憶的不同解讀

然而死亡會帶走一切
愛情隨生命結束而結束
是小說
是故事
是情詩
是傳說
是網路
在人類文明未幻滅之前

11/30/2020

第九十五首

庚子年末劫數難逃的愛情

又是預知
是剎那即將發出的影像
一閃而過
果然就發生
相信就逃過一劫
不相信就難過
大的劫數貼身而過
不大的劫數卻難逃
在生命的流逝中
面對過去的驚悚

第九十五首

感覺現在的無奈
而未來
未來靠近盡頭
愈來愈近

感情有劫數
人不在
只留知道的人
記憶跳動剪接
沒有結束的結局
而結局
記憶的死亡
肉體的死亡

沒有人見過靈魂的結局

親情因人不在
難有人共享記憶
物質生活的享受
佔領了親人對過去
種種溫情
而心靈相通只是夢想

友情存在於生命的
共同空間與時間
淡也好
濃也好

尚未熄滅

第九十五首

聚會是解救
散了就只存感覺
知道的就是自己

愛情是最大的劫數
愛太深是無盡的深淵
知道對方過去愈多
情緒激動
在漸漸的黑暗沈淪
尋找救贖的曙光乍現

初戀情人成夫妻
白頭偕老沒見過

在失望與希望中
追尋
劫數
在後在前
總有難逃的剎那

12/3/2020

第九十六首

庚子年末的生存

心靈意象對望
美麗的哀愁

沒有選擇的死亡遊戲
六英尺的忽前忽後
忽左忽右的生存移動
鼻口貼著一塊布
呼吸

在四顧無人的空間

喘息
在自己的車內空間
隔空對話
視訊
那麼近又那麼遠

一個看不見的病毒
飛越感染
加速例數計時的死亡

撫慰的接觸已不在
沒有新愛

尚未熄滅

第九十六首

只有舊歡
如何相聚
充滿疑惑的心情
出去回來
不能擁抱

恐懼病毒感染
蔓延的疫情
死亡訊息不斷
愛的信念打折又打折
直到成為負數

在這庚子年末

不在身邊的
及在身邊的
親情
友情
愛情
非常遙遠

貼近死亡的生存移動

12/15/2020

第九十七首

庚子年末的遺惑

未知是否不是問題
已知與否更不是問題
等待果陀
沒有答案的等待

數時間沒有時間去考量
走一步算一步
繁華的過去
沒有痕跡
現在的期待

非常簡單
而未來
已經成為
已知的茫然

麻痺了自己的麻痺
語言文字逐漸耗盡
剩下的眼神
找不到焦點
遺忘的遺憾
遺憾的遺忘

遺憾的快樂

遺忘的快樂

12/15/2020

第九十八首

愛的救贖在這庚子年末

是懺悔　是懺悔
懺悔在半夜
自夢中醒來
在慾望之火
燃燒到不可收拾

在自我放縱的時刻
在午夜夢醒的時刻
眼睛在黑暗中迷惑
細胞在慾望中分裂

已經不是自己的自己

看到過去的情債
排山倒海洶湧而來
在午夜時分存在的自己
逃離不了自己的憤怒
心海平靜已經成了
永久的夢想
在憤怒中感到遺憾
再三反覆
數不清的無法接受
再來的不可能

注視自己即將爆炸的
身體亢奮
忘掉自已身在
何處
何時
瘋狂的細胞分裂

自己異常的狂野
已經不知道
如何了解
那拒絕不了的
得罪不起的
心火

難以死灰
死灰復燃後
魂斷而細胞不死

是懺悔 是懺悔
在對抗沈淪
的時間
祈禱
愛的救贖

12/21/2020

第九十九首

十二朵玫瑰花 美麗逝去的嚮往

——在這庚子年末，在Christmas

在朦朦朧朧天將亮未亮的時刻
走在那熟悉的小道
蕭瑟的寒冬
雪堆遍滿草地
樹木成為目障
感覺不到生機

想著昨晚盛開的那十二朵玫瑰花
紅得讓人心碎

第九十九首

在白色的牆前
在白色的櫃上
從來沒有見過的美麗
沒有孤獨沒有寂寞
只有那永恆的嘆息

愛情如玫瑰那般地
不知所措地面對
即將來臨的凋謝
有如
無奈的歲月流逝

沒有失眠沒有流淚

醒來沒有失落
走向屋前那不陌生的小道
在這積雪的凌晨
想著屋內昨晚張開的十二朵玫瑰花
那麼不同
那麼相迎
只聽到看到
夢幻般地
暗示凋謝的不捨

心難成槁木的枯去
不願意呀不願意
心的跳動

生命的呼喊
眼前的景色那麼衰涼
那麼墜落的深沈

想要再回去看看
那美得使人不捨的
十二朵玫瑰花
會凋謝的美
失去愛的刺心
讓我再看一眼
再看一眼

有那麼一天

離去時合起眼睛
帶著那十二朵玫瑰花
美得透不過氣的感覺
帶著這永恆的印象
帶著美麗的愛
離開塵世
到永不凋謝的美麗的
另一種存在

12/25/2020

第一百首

難以自拔的愛之困局

在狂風暴雨轉成暴風雪之夜
在黑夜中漂盪的回憶
在車子熄火之後的歸途
看見妳的身影
看不見自己的存在

就是如此難堪地
在時間的滑動中
尋找尋求那未了的心願
內心狂叫

內心撕裂的尚未死亡的
慾望
誰會來此無解的困境
無解的困惑

又到了再來一次
思維的攻擊
語言文字解讀的困局
如何能知道
這午夜的暴風雪
如何能找回
自己的安寧

尚未熄滅

欲倒未倒的暈暈
內外交加的暴風雪
想了又想再想又再想
痴乎癲乎狂乎
沒有聲音的吶喊
狂風暴雪
撕裂的愛

1/12-1/13/2021 午夜之間

第一百零一首

命消情滅

愛情
像一串銀白珍珠
散落在被遺忘的角落

愛情
像一曲冥淚瑤琴
飄搖在將幻化的想思

愛情
無端的揣測的難求的

尚未熄滅

第一百零一首

雙飛雙宿
是蝶戀花
是花引蝶
再美再醉再迷再浪
空無緊隨在後
總有愛滅情散

愛情
多少妒心多少愛心
多少悔恨多少掉淚
畢竟世間沒有意外
記憶隨時間的流逝
滅絕在生命的盡頭

1/20/2021

第一百零二首

誓言非夢

在雪飄掩沒塵垢之時
淚眼望穿往事底茫茫
無緣有緣也是夢亦夢

誓言在形骸之內
誓言在形骸之外
會驚又驚驚不停

瀟瀟灑灑底相思淚
流入細胞的大海中

第一百零二首

這沒有歸途的愛情

1/26/2021

第一百零三首

子時休克的愛情

子時休克

眼睛的視覺仍然存在
在不張開時
重複播放
那段文字內容
觸目驚心

子時休克

第一百零三首

心眼那有大小
記憶豈能退色
愛情沒有傳說

子時休克

心海那有可能
記憶都會消失
愛情沒有海量

子時休克

真心是真的心臟

跳動在形體存在
當然是真心相愛

子時休克

在這華氏零下的
風聲鶴唳
在這華氏零下的
草木皆冰
在這華氏零下的
難以入眠

子時休克

丑時休克

……

（NO ENDING）

1/29/2021

第一百零四首

辛丑立春
愛情新解

說過—想過—談過—悔過—
夢過—醉過—醒過—難過—
無法回溯的錯過
愛情的畫面
總是有盡頭

勾魂攝魄豈只是盼望
記憶共有
卻有不同的解讀

不能一次到位的愛
還是一卜無憾的愛
當時間腐蝕形體
愛情從有形有體
消失殆盡於無形

昔日已成灰
今日再想思
明日仍無端
給時間才是愛

2/5/2021

第一百零五首

死也要浪漫的愛情

在口乾舌燥的午夜
在醒來的惆悵時刻
在迷望的空茫空間
看自己在鏡中影像
是也非也豈只如此

不要空虛
不能虛度
至
形化成灰

死
也要浪漫

讓成灰的形體飛舞
讓想像的靈魂跟隨
追求浪漫的情與愛
不知不要不想停止
只知只要只想繼續
眼神聚焦
燃燒不盡

2/7/2021

第一百零六首

愛情的過去現在未來

曾經想像過去的歲月
相同年月日的時間
在分割的畫面生存
而傷心悔已遲
誰能贖回過去的錯誤

曾經想像過去的可能
不相同空間的年月日
在陌生的不同的浸沒
逆來順受的痲木失覺

對比無法收斂的濫情

曾經想像
翩翩舞動而來的
無中生有的愛情
在文詞已到山窮水盡
在無感無覺無慾無望
在虛無的倒數計時
那來恩怨情仇

冥冥中
凌晨驚見飛雁成形成群
那聲音和意象直入記憶

想到想要的境遇
是夢是幻亦或不是
已經無所謂
已經無顧忌
走向快樂的憧憬

2/12/2021 辛丑初一

第一百零七首

沒有重疊的時間

在夢醒時何須問有無
在醒來時何必再懷疑

所有的夢皆已成幻
一念二思就是難成

世上沒有重疊的時間
沒有重來的相同情愛

往事成影成幻成空

再怎麼說皆是枉然
前世之說難解緣滅
來世緣起只是安慰
情困那來解藥
福氣那有無價
在殘餘的歲月
擁有自己的愛

2/23/2021

第一百零八首

愛情的蝴蝶效應

回頭一看 儘是憤怒
看到過去 多少不堪
心內只想要看見的
是未來可能的快樂

心田只剩下
和生命共生死的
那一朵愛情玫瑰
憧憬
和37.2兆細胞共存亡

愛情也有蝴蝶效應
也有隔空的神經共振
細胞影響不在近或遠
彼此無意的一言
震撼混沌虛空
可能導致對方
情傷致死

然而
死亡只有一次
然而
生存只有一次

有誰知道過去是什麼
再苦再甜只有自己知

只能自我救贖
因為
死亡只有一次
因為
生存只有一次

元宵節早上不知何故胸悶，寫下此詩自我救贖，六小時的掙扎寫完
7:30 AM to 1 PM
2/26/2021 元宵節

第一百零九首

愛情過客一場又一場

在光陰的閃失中
在狹縫的生活中
甘心只做個愛情的過客

過客的情愛經驗
非實即異
情色世界本短暫

所謂疏客必食
靈魂也會折損

何況美麗肉體

過客心態
短促 虛無飄渺
啊唷 啊唷
彼此是愛情的過客
是喲
前無古人 後無來者

既然曾經選擇過客
就得承擔未來的風險代價
喪失追問塵世墮落的權利

過客只求
共泥春風醉一場
不枉此生好一場

是過客只求一場
永遠有不斷的一場
給予和承受

好戲連台
一場又一場
有延長的一場
有縮短的一場

人生本是夢幻一場
演多少場已經麻木

當過過客
接受過客
有何不同

3:30 PM 3/12/2021 Friday
聽台語老歌〈雙人枕頭〉有感而寫

第一百一十首

此情無債／此愛無價

相對的人生時間
總有數完的時候
見山是山或不是山
見水是水或不是水
境界在此或不在此
難以論斷
情愛關係亦如是觀

愛情存在今世
生命幻化即是

愛情幻化之時
愛情涅槃境界
沒有彼岸

愛情般若
般若愛情
誰能壓縮時間消逝
就是時間有限
才知浪漫無限

談前世來世
談因緣果報
談緣起緣滅

談夢幻泡影
皆無稽之談

愛情無法相無華相
愛情無內空無外空
愛情只有真相
愛情只有時限
因 此情無債
因 此愛無價

3/17/2021

第一百一十一首

悟禪

禪無需氣魄
禪也無見地
禪也不是破

禪也不需風光
禪也不需抖落的暢快
禪也不需直契無別的世界
禪也不需即事而真的生涯

禪無字取代不執之意

禪無延意之必要
禪無解無釋
以物為禪已非禪
謂六祖撕經
已非禪道
靜心氣和
有愛之禪道

2/17/2022 中午，寫於紐約市

第一百一十二首

當愛只能相思

當愛只能相思
不能敏感也不想敏感的以後
內心仍有不凋謝的愛之花朵
痴狂豈能消逝
在無法自拔的空虛午夜

當愛只能相思
擁抱只存想像
但知過去曾經
香氣體驗

在瞬息間

當愛只能相思
附身如影而難滅
就是無綻痕
難忘的情海波動

當愛只能相思
是日是夕
纏綿繾綣
揮之不去

4/6/2021

第一百一十三首

靈肉合一之愛

——用巫本添三字入詩

日日夜夜添不盡 那相思細細絲絲
難越巫山風雨嶺 那奧秘本是難訴
搜求靈慾分界線 那本是巫術難解
再添加多少精神 也仍要纏綿不絕

7/19/2021